句集
長楽

渡邊顯

ふらんす堂

長楽＊目次

渡邊顯句集

長楽

平成のころの

平成十七年

早梅や薄目を開らく九品仏

蒲公英や離陸許可待つ滑走路

切火受け手櫛の入る祭髪

矢車の果つること無き空《から》まわり

海に建つタワーマンション雲の峰

薄靄に紛る薄紅合歓の花

ハードルを飛び越して行く汗と影

被爆せし身には日々これ原爆忌

菊日和部屋のポトスを日に曝す

ユニコーンの飛び出すかとも黄落期

二度寝せし瞼の上に初明り
平成十八年

餅花や開祖襲名山城屋
中村鴈治郎改め坂田藤十郎

鏡台に映る羽子板役者見得

海苔ひびの中行く舟も海苔の色

プリズムの色のぼやける余寒かな

老残の時を追ひ越す春疾風

投げ網の曳かるる水尾の水輪となり

光芒をとどめて昏し朴の花

原色の密に連なる花壇夏

コスモスや風追ふ風の戻り来る

湧水や紫苑を抱く鳥羽離宮

祖母といふ若きわが妻七五三

担がるる熊手の「おかめ」踊つてる

悴むやテニスネットの張り甘く

平成二十二年

浜木綿や船に見慣れぬキリル文字

片蔭も糊代程の丸の内

睡蓮の水底揺らす花の影

篠竹に厚物菊の凭れゐる

終章へ進む他なき小晦日

本間家旧本邸

ビードロの窓の紫寒の雨

十八代中村屋逝く師走かな　平成二十四年

片陰に車を寄する弁当屋　平成二十五年

黒南風や都会の夜は深緑

夏草や津波の跡の捨て車

河骨や水面を走る風の襞

睡蓮の影を結ばぬ花の彩

冷房や遅れたままの掛け時計

誰も皆人待ち顔の避暑地駅

石段の歩幅に合はせ落葉踏む

鉄錆を重ね塗る如寒の雨

雨垂れの音の間ひろがり春隣

初花や朝日に影を結ばざる

平成二十六年

初花の風に紛れずさくらいろ

春分を選みて着手庭普請

陽春や届きし苗の箱に窓

頼りしは己が蔓先豆の花

雉鳴くや前方後円墳の山

眩しくも大粒揃ひ苺狩り

見し夢のなかにも咲きし桐の花
おしろいの黄花赤花白い花

敗戦日父の行李に風入れる

鶏を招き寄せゐる秋桜

コスモスのゆるるリズムや四《し》分の二《に》
スペードとクラブとハートの草紅葉

平成二十七年

自転車のギアをトップに炎天下

かぶりつくこれぞトマトといふ奴に

桃の葉や日向水なく盥無く

白シャツのスクランブルの交差点

鋤き上げて返る土の香涼新た

長文のメールに応ふ秋深し

朝露の木道踏めば水輪生まれ
ツイードの背中ほっこり小六月

石川門叩き割る如鰤起こし

沸き昇るサイホンコーヒー冬灯

燈心の丸きランプの聖夜かな

白鳥の水尾の広がり絶ゆる無し

令和になって

令和元年

ハローウィンや魔女の帽子に露の玉

白鷺の白く紛るる蕎麦の花

新涼やバターの硬さ丁度良く

さやけしや目覚め迎ふるパンの生地

背負ひたるサックス軽し秋うらら

産《うぶ》土《すな》の木犀香る宮参り

黄落や終はりが始めといふ希望

鼓打つ女佐太郎秋深し

種採りのなされぬままの浪江町

陣型を絶えず改ため雁渡る

今朝の冬半熟卵のできあがり

薄紅の水面乱して紅葉散る

落葉かく箒に遅れ寄るものも
狂ひ咲く花に寄り添ふ葉がひとつ

茶の花や噂話の垣根越し

茹でこぼす湯気を戻せし隙間風

「香雨」片山由美子主宰推薦句

冠雪の山ことごとく神となる

紫の髪美しき日向ぼこ

青鷺の石と固まる冬の川

砂の無き砂場罅割れ冬旱

街燈に降る雪乱れ闇に消ゆ
玄冬の一番列車に既に人

パンプスを蹴散らし倒れたるブーツ

茹で上がる冬菜の茎の白さかな

留守録を削除してゐる年の暮

助手席に破魔矢立て掛け緩発進

令和二年

寒林の磴を登れば駅舎見ゆ

たつぷりの寒九の水に豆を漬け

寒暁の解《ほど》け初《そ》めたる茜かな

凍蝶の振り切れざりし自が影

伏せ置かる絵馬の重なり春隣

恒例の年男

福は内のみの掛け声浅草寺

冬終るローズマリーの青き花

老い梅の闇に沈まぬ白き影

風光る石膏像の頬に陰

「香雨」編集担当鶴岡香苗氏「一句欄から」

風光るサービスエースにしてやられ

肩上げの少女が主賓雛の夜

船の水尾動くと見えず鳥帰る

朧夜や急ぐ用事のなくはなく

桜草ブリキの如雨露も祖父譲り

春昼やジャコウ猫コーヒー試し飲む

毎日俳壇四月　片山先生入選

橋の名に昭和の名残り別れ雪

思はざるまさかが正に春の雪
木蓮の穢れ残りを惜しみけり

蔓と蔓結ぶが寄る辺豆の花

水温むゆつくり渦巻く取水堰

囀りの和らぐ時も喧《かまびす》し

スケッチの鉛筆4B春の山

花びらのひらひらひらひらと輪廻なる
図書館の居眠り気儘百千鳥

朝まだき山鶯の短か鳴き
人が皆美しくなる立夏かな

スケボーのジグザク登る夏の坂

薫風に向かつてハーレイダビッドソン

草刈の調子よろしき長鋏

若葉風昨日の事は過ぎたこと

五月雨の己打つ如降り続く

均整のとれぬ均衡アマリリス

部屋明かり映して暗し五月闇

実桜の深紅に映る日は四角

糸町は卯の花垣の辻向かふ

日を手繰り大手を振つて水馬

羅に透けて見えゐる本音かな

黒南風や濁れる時もとどまらず

枇杷の実の葉陰にありて紛れざる

大の字の吾に迫るや雲の峰

花オクラ萎れて落ちて夏の夕
索麺の冷ゆる間もなく喰ひ終はる

松の葉の斜めに落つる虎が雨

梅雨寒や夫が得意の海老炒飯

青梅雨や白き一点藪茗荷

白扇の肘からゆつくり動き出す

NHK学園句会コース　宇多喜代子先生特選

新米やおとぎ話を語り継ぐ

北国の夜空は青し後の月

月明の影ことごとく真の闇

二つめもすぐに見つかる烏瓜

大道具めきし十月桜かな

神《み》燈《あかし》の紅葉の裏にある真闇

黄落や影とはならぬ翳の降る

羽音から先づは飛び出す稲雀

日本橋三丁目信号木守柿

途切れざる刈田の先も刈田かな

間引き菜の笊に溢るる摘み遅れ

切れ長の月に雫の垂るる如

落葉敷く小径に靴のぬくみをり

茶葉も湯も多めに注ぐ冬初め

花柄を摘む指先の寒さかな

倒れても姿は折れぬ枯尾花

冬紅葉散る時知らず身じろがず
初めての町に降り立ち夕時雨

本を読む人の背中の小六月

小春日や羊羹切つて深蒸し茶

そら色の空の広がる北塞ぐ
綿虫も汐に曳かれて丹塗橋

日向ぼこ首を振り振り鳩の来る

冬晴や寝ぼけ顔めく黒格子

初霜や弓場の図星黒々と

玄冬や端の席から人埋まる

毎日俳壇十二月　片山先生第二席

指揮台の総譜ひらかれ冬灯

左手の薬指から悴める

橋の名の四辻に巻くや空つ風

冬座敷額集めて読む草書

松毬を拾ひ集めてクリスマス

ダイビングスーツも干して布団干す

木枯や見付を抜いて鉄砲洲

畳替二間続きて草千里

横板にずらりと掛けて飾売り
失せ物を見つけて止まる大掃除

令和三年

初明かり影が生れて時生まる

茹で上がる黒眼はピンクの松葉蟹

山眠る里の眠りは深からず

研ぎあげし刃文を拭ふ寒の水

裸木の剛直なれど柔らかく
北風や毘沙門天に来て止まる

雪吊りの綱の短き臥龍梅

電線の影を容れざる雪野原

霜柱地球を一枚持ち上ぐる

重たげな雨に変つて牡丹雪

樺太や引揚船の凍て返る

昭和二十二年三月　三句

引き揚ぐる生後四十日の凍て返る

余寒なほすぐに冷え切る貫ひ乳

浅春の川面乱れてささくれて

この雨はすぐに止むはず黄水仙

春浅し茶舗の主の揉み手癖

白梅の闇に浮かびし絞り染め

枝矯めし木振り通りに老いし梅

盆梅を据ゑて華やぐ広間かな

老い梅の添へ木三本花三段

銃眼の望む城下や春の色

毎日俳壇二月　片山先生第一席

春雨の降るとはなしにあがりけり

青ぬたの和へしものみな県産品
おぼろ昆布薄く重ねて細魚寿司

リハビリの杖の四つ俣青き踏む

浮いてくる様な小石や水温む

水温む淀みの渦の笑ふ如

風光る水上バスの二階席
毎日俳壇三月　片山先生第二席

草餅や忘れてはいない悔し泣き

木蓮や汚れを見せず散り急ぐ

立ち上げるゴールポストや風光る

猫の子の鉢に隠るる勝手口

首を振る癖は治らず巣立鳥

芽柳の震へ初めても身じろがず

朧夜や笹の香匂ふ麩饅頭

永き日や二本の松の相似たり

毎日俳壇四月　片山先生入選

公園にパソコン開く遅日かな

何をするといふこともなく夕永し

雛の間の箪笥の上に写真立て
雨降れば瞼重たき花海棠

靖国神社　三句

清浄な時もて解く桜かな

英霊の同期の献上桜かな

奉納の「再会桜」花万朶

真闇への躙り口めく花篝

そら色の空に御衣黄桜かな

疾駆する車を襲ふ闇と花

多摩森林科学園

「白妙」のその名に値ふ八重の花

文鳥の逃げて帰らず四月尽

雀の子千切れぬ草を諦めず

影落とす花に陰無きチューリップ

NHK学園句会コース　宇多先生特選

風車風来る前に回りだし

大楠の間近に控へ鐘供養

主宰推薦句

寄せ植ゑの赤白黄色夏めきぬ

枝々の梢残らずえごの花

初夏や藍《あい》から碧《あお》に変はる海

朝焼の国道なべて青信号

薫風やふはりと動く箸袋

見守つてくれし黒目や鯉幟

鯉のぼり鰹幟の枕崎

浜風に揺るるむらさき花樗

マロニエの紅き花抱く茂りかな

昼顔や名前は知らぬ顔見知り

この土地に居着いてしまひ迎へ梅雨

梅雨闇に朱点を投ずジューンベリー

白南風や海に触れざる空の果て
翻る小旗の朱文字「かき氷」

冷房や題簽古りし和綴ぢ本

細からぬ滝に打たるる女人あり

夏蝶の胴太くして怒り肩

鼓虫《まいまい》や見つかるはずの忘れ物

涼しさや鑑真和上座像前

遮断機の上がれば戻る炎暑かな

止まらずに微かに揺るる白扇子

小引き出しから着火剤夏炉焚く

ラッパ吹き夜濯はいつも布一枚

草むしる吾も大地の一部にて

斜里郡浜小清水

失ひし故郷望みて烏賊拾ふ

緑陰の小枝に吊るす魔法瓶

解け初む芭蕉巻葉に瑕瑾なし

毎日俳壇九月　片山先生第二席

散つてなほ日に日に新た百日紅

夕立や下校生徒の算乱れ

身動がぬことを知らずや合歓の花

敗戦忌帰れぬ実家にある遺影

連れ発ちしカヌーの向かふ望の潮

過ぎしこと過ぎしままなり門火焚く

迎へ火の躊躇ふ様な素振り見せ

日の影の凭れゐる如糸瓜棚
藩名にあやかる坂の空高し

寺門より遠く離れて草の絮

明治神宮外苑競技場

銀杏やこの道征きし学徒たち

仇討ちの成就は見せぬ菊人形

濡れ光るハチ公の鼻秋灯し

梅本和義元イタリア大使　二句

信濃秋外交官のチェロデビュー

大使殿御夫妻連弾金木犀

遺せしは鉢の木一つちちろ鳴く

ゆれもどる尾花摑むや是即空

厳禁の木昇り冒す柿日和

善人の目尻の皺や柿の秋

曾祖父のこなれた始末二番渋

入谷鬼子母神

角の無き鬼を祀るや柘榴の実

見覚えてくれてゐるはず鳥渡る

大粒の林檎育てし六年生

人の輪に入らず離れそぞろ寒

ゆつくりとゆつくり急ぐ秋の雲

練塀の崩れしところ猫じやらし

東工大キャンパス広し紅葉狩

安房小湊誕生寺　二句

夕紅葉入り江の岬既に暮れ

夕紅葉残して暮るる誕生寺

塀際を縁取る如く草紅葉

立ち尽くす数珠玉こそが我が涅槃

空堀を埋めて浮く如蛍草

鳥影を伴ひ釣瓶落としなる

釣瓶落とし塾の帰りの子の走る

黄落期乗り合ひバスも最徐行

土寄せの畝の深さや暮れの秋

マロニエやショコラの様な枯葉落つ

仮の地が終の棲家に花八手

毎日俳壇十二月　片山先生入選

今日からは社殿の修理神無月

沈む日の残す紫冬至の日

高庇までも薪積み冬構へ

山茶花の惑ふが如く散りにける
雪催ひ流れ解散となりにけり

底冷や下駄音たてぬ一本歯

風呂吹の冷めてしまひし痴話喧嘩

人を待つ時は進まず枯木星

オリオンの跨いで通る冬灯

木枯やガーゼ濡れゐる温湿計

帰り花ところを得たるかも知れず

傷の無き全き一枚柿落葉

外に出て通り側から蜜柑見る

蜜柑食ぶ茶の間に上座なくはなく
通過するホームに知り人初時雨

時雨るるや夫婦二人の小商ひ

綿虫のその身に過ぐる生き急ぎ

せり上がる様な大蕪いかり肩
大根や尻つぽ動かす様に抜く

真つ白な切り口旨し根深汁

薄青き敷藁に添ふ冬苺

煮加減をはかる竹串隙間風

燗酒や他人ばかりが賢くて

霜菊の手入れが故の乱れかな

掛川城　四句

大手門臨む櫓に空つ風

木枯の叫喚上がる武者返し

掛川や葛布襖の天守閣

底冷えや掛川土産の深蒸し茶

眉月の切っ先蒼く凍てしかな

松毬の枯れ落つる音濁り無く

冠雪やそろそろ里も雪用意

純白の蕾割れ初む冬薔薇

湯気立のたぎり散っては灰神楽

粉砂糖たつぷりこぼし聖菓食ぶ

馬鹿と言ひ阿呆と応ず忘年会

暮れかかる雲は足早冬の影
スエードのブーツに残る旅塵かな

名刹の軒を借受け飾売

注連張つて俗世はここに改まり

年の瀬や為すこと無くも是非も無く

下駄箱に靴をしまつて年送る

令和四年・五年からの抜粋

真田紐解く所作から釜始

歌舞伎稲荷

歌舞伎座の庇の奥へ初参

寒禽の胸に真白な一つ星

乗つてくる客の背中に雪しまき

パン屑を拾ふ銀器や寒灯

お喋りに時を費やすスケート場

令和四年毎日俳壇一月　片山先生入選

判を押す指の先から悴める

乳垂れの気根しつとり冬ぬくし

腰おほふコートで丁度良き日和
一間を寄せてまた一間雪を掻く

六花の語ることなき幾山河

しづる雪姿そのまゝ瀬の速し

横顔の月光観音めく雪だるま

黒松の陰りしところ根雪めく

風花の今ひとたびと舞ふ如し

日に僅か日に日に僅か冬芽立つ

鵯の次々狙ふブロッコリー

鋼鉄の水門高し寒鴉

佃島　五句

寒凪や「さぶ」が舞台の寄せ場跡

水神の望む大川冬の雁

冬ぬくし大橋小橋佃島

トタン屋根古りて寒しや佃島

漣の堀打つ音も雪催ひ

枯菊の切られし茎のまだ青く

寒梅や解くにあらず弾けたる

葛餅のきな粉ふはりと春隣

透き通る菓子のさみどり春隣

浅草寺

笙の音の誘ふ鼓音節分会

河東碧梧桐忌日

炒り豆の跳ねて飛び出す寒明忌

笹鳴きの姿を見する良き日和

寒明や波間に刺さる日の乱れ

春水の水輪の解ける岸根かな

校章のペンのマークに風光る

毎日俳壇三月　片山先生入選

迸る生命なりけり花紫荊

浅春の雨の水輪立ち低からず

松の葉に積り残れる牡丹雪

撥ぬる如疎らに光る雪解風

美しき女雛の瞼奥二重

故郷は何も変はらず茄子畑

毎日俳壇五月　片山先生入選

学校に工事が入る夏休み

毎日俳壇八月　片山先生入選第一席・年間優秀作

夏草を小径に結びトホセンボ

封印の行李の日付敗戦日

毎日俳壇九月　片山先生入選

団栗に乗り上げ止まる三輪車

ＣＤの「魔弾の射手」変じて鳥威し

令和五年毎日俳壇一月　片山先生入選

筆先の割れの戻らぬ霜夜かな

一生分生きたと思ふ日向ぼこ

持て余す乗継時間春寒し

毎日俳壇四月　片山先生入選

寒明や綴ぢ紐緩む出席簿

第十七回角川全国俳句大賞

この町のこの地に死なむ花篝

毎日俳壇四月　片山先生第一席

解散の樺太会や花吹雪

法堂を衛る龍の眼男梅雨

龍神の登る階雲の峰

毎日俳壇七月　片山先生入選

主宰推薦句

入口に幅をきかせる夏帽子

碧空に刺さる青毬秋近し

毎日俳壇九月　片山先生第一席・毎日俳壇賞最優秀作

中断の会議再開秋扇

龍の住む川黒々と冬ざるる

耳痛し指先白し息白し

如月や一睡の夢も喜寿数へ

謝辞・あとがきに代えて

喜寿を記念して第三句集を纏める事が出来ました。「香雨」主宰の片山由美子先生や銀座支部の佐藤博美先生の御指導の賜と感謝申し上げます。

私如き一般会員に過ぎぬ分際で第三句集を出すなど、不遜の極みと言わざるを得ません。しかし、句集は俳句を愛する者の生きた足跡と思っていますので、恥を承知で纏めた次第です。

実は、五十歳の頃から十年余り「玉藻」に入会していたのですが、それから十五年ほど俳句界から遠ざかっていました。しかし、片山由美子先生の御指導が受けられるなら再開したいという思いでもいました。ひょんなことから平成三十一年に「香雨」を創刊されたことを聞き及び、一旦は冷めていた俳句熱が再発してしまい、とあるパーティーに押しかけて入門の許可を頂きました。時に令和元年七月のことでした。

因みに、当時はまだ角川の社外役員でしたから、差し障りがあってはいけないので、俳号を「ありか・えばん」としました。nabe akiraを逆読みにしたものです。英国園芸協会のサンダースリストに、私が交配した蘭の新種個体名をアリカエバンとして登録したことを思い出し、ペンネイムとしたことがありましたが、現在は本名に戻しています。

入会に際して、片山主宰は選を厳しくする方針と言われましたが、まことに厳しい指導を頂戴しています。なにしろ四句欄には二度だけで、二句欄には三度も落とされていますから。

しかし、厳しい選はありがたいことだと感謝しています。何故、取られなかったのか反省する機会が次の飛躍に繋がるからです。虚子曰く、「落とす親切」が俳人を育てるのでしょう。お陰で、令和四年に毎日俳壇の年間優秀賞、令和五年に角川全国俳句大賞ならびに毎日俳壇最優秀賞を頂くことができました。

句集名は「長楽」としました。中国古代の瓦に長楽無極とあることから頂いた次第です。皆様に長く楽しんで頂ける句集であれば幸いです。

収載した句は、令和元年から四年及び五年の一部までの香雨時代を中心として、それ以前の句でメモが残っているものを色々と掻き集めて載せましたが、明らかに香雨時代のものに比べてそれ以外の句が見劣りすることは否めません。

しかし、喜寿記念ということなので、老境の生き様の一端をお示しするべきであると思い載せました。

同様に、私の特異な出生に関する事柄の句も載せさせて頂きました。私は、昭和二十二年二月に樺太で生まれましたが、当時の複雑な国際事情に翻弄され、生後四十日で引き揚げて参りました。環境の激変や辛酸を舐めた一族の苦労は私の精神形成にも大きな影響を与えています。私事にわたる句で目障りでしょうが、喜寿記念ということでご容赦賜れば幸いです。

最後になりましたが、俳句の基礎を叩き込んでくださった星野椿、高士先生に感謝申し上げ、あとがきとさせて頂きます。

令和六年二月

渡邉　顯

著者略歴

渡邊　顯（わたなべ・あきら）

昭和22年2月　樺太にて出生
昭和41年4月　早稲田大学法学部入学
昭和48年4月　弁護士登録
平成９年4月　「玉藻」に入会（俳号　渡辺高顕）
平成17年4月　第一句集「滴　しずく」
令和元年7月　「香雨」入会（俳号　ありか・えばん）
令和4年12月　毎日俳壇賞年間優秀作
令和５年6月　角川全国俳句大賞 自由題部門大賞受賞
令和5年12月　毎日俳壇賞年間最優秀作

俳人協会会員

住所　〒145-0071　東京都大田区田園調布4-14-5

句集　長楽　ちょうらく

二〇二四年七月一七日　初版発行

著　者——渡邊　顯

発行人——山岡喜美子

発行所——ふらんす堂

〒182-0002 東京都調布市仙川町一—一五—三八—二F

電　話——〇三（三三二六）九〇六一　FAX〇三（三三二六）六九一九

ホームページ　https://furansudo.com/　E-mail　info@furansudo.com

振　替——〇〇一七〇—一—一八四一七三

装　幀——君嶋真理子

印刷所——日本ハイコム㈱

製本所——㈱松　岳　社

定　価——本体二八〇〇円+税

ISBN978-4-7814-1653-3　C0092　¥2800E